떠나지 않아도
행 복 하 다
- 지금, 여기에서 나와 마주하기

떠나지 않아도
행 복 하 다

- 지금, 여기에서 나와 마주하기

이현숙 찍고・쓰다

돈키호테

■ **시인의 말** ■

찬 겨울 징검다리를 건너며…

지난 해 겨울 며칠 흰 눈이 내린 후 강변은 그때까지 보았던 많은 것들이 눈 속에 묻히고 그 자리에 있으나 보지 못했던 것들이 또 다른 아름다움으로 모습을 드러냈다. 나는 그때쯤 그 동안 쓴 시들을 책으로 엮어 볼까 하며 시집의 커버가 하얀 식탁보 같았으면 좋겠다 생각했다.

그리고 봄이 왔다. 여름 가을도 지났다. 매일 가는 산책길이 가끔 먼 숲 계곡 바다까지 연장되기도 했다. 그 동안 겨울에 보지 못한 것들이 나의 눈을 뜨게 해주었다. 넓은 돌 평원 사이로 흐르는 개울물, 크고 작은 나무들의 계절의 포즈, 밝고 깨끗한 색깔의 꽃들, 새 벌레 나비 벌들의 즐거운 움직임, 꽃에서 움튼 열매들, 시간이 흘러가며 달라지는 물빛과 바람 소리, 눈부신 씨앗들, 봄에 움터 알지 못한 식물들의 잎 줄기가 내가 아는 모습으로 변해 가는 과정, 그리고 가족 친구들과의 뜻밖의 만남과 대화들, 삶의 새로운 발견들이 모두 영감의 샘이 되었다. 그런 축복 가운데 나는 많은 시들을 쓰게 되었다.

2월에 설원에서 만난 한 나무의 열매를 우연히 간 먼 길에서 줍게 되었다. 이 시들은 나의 그런 열매들이다 .

이제 찬 바람이 불고 하늘은 눈부시게 푸르다. 깊고 푸른 색의 강물 위에 수많은 오리떼가 찾아와 찬 물 속에서 뛰어 오르거나 한낮의 온기를 즐기며 미끄러져 간다. 갈대들은 다시 지난 겨울 같은 빛의 숲을 만들고 있다. 아주 작은 꽃들을 피웠던 강가의 키 작은 나무가 부드러운 갈대 꽃들 속에서 골드와 그린으로 아름답게 흔들린다. 빛이 바래어 황량해진 초원 위에서 물오리들이 빛나는 주황색 다리를 드러내고 날개를 비틀며 잠시 춤을 추다 날아간다.

나는 오늘 누군가 흐르는 물 위에 놓아 둔 징검다리를 건너 볼까 한다. 찰랑거리는 물이 내 발을 적시지 않을까, 몸이 균형을 잃고 발을 헛디디진 않겠지, 하늘을 나는 새들이 돌 다리 위에 선 나를 보면 아름답다 할까…

2015년 1월

이현숙

차례

제1부 소리쟁이들의 노래

제2부 강변의 사막

제1부

소리쟁이들의 노래

나의 소리쟁이들과 함께 부른 노래

지난 봄, 파스텔톤 녹색 식물을 산책길에서 만났다. 봄꽃들이 꽃망울을 터뜨리고 강변이 신록을 맞을 준비를 하던 때였다. 나무들은 갖가지 형태로 매혹적인 모습을 보이면서 산책길은 온통 눈길을 떼지 못할 정도로 아름다운 것들이 지천이었다.

그 중 하나인 그 밝고 선명한 녹색 식물은 어느 정도 성장한 모습이 되어서야 내 눈에 찼다. 아주 작은 잎사귀들이 깨알같이 붙어 있는 긴 줄기의 식물이었다. 새 봄엔 벚꽃, 산딸기꽃, 민들레, 노오란 나비 같은 들꽃, 보라색 지칭구, 유채 등 제 모습을 아름답게 드러내는 것들이 많다. 그런데 이 식물은 산책할 때마다 꽃도 피지 않고 색도 그대로여서 이것이 언제나 내 마음의 현을 잡아당기게 될까, 기다림이 쌓여 갔다.

강물이 철철 넘쳐 흐르던 4월과 강둑에 하얀 마가렛 서너 송이 피어나던 5월을 지나 봄 코스모스가 필 때쯤 둑방 아랫길에서 색다른 것이 보였다. 부드러운 핑크 살색 베이지 연갈색조로 물든 이 식물을 보는 순간 아, 내가 오랫동안 기다려 온 것이 바로 이것이구나, 했다. 그 이후로 걸어가는 곳마다 이 식물의 갖가지 채색과 모양을 수없이 많이 만나게 되었다. 선 자리마다 다른 그 모든 분위기에 나는 매혹되었다.

갈색 다리 난간 옆 둑방 위 참새귀리들 틈에서 진한 커피색이 되어 흰 구름을 이고 선 모습을 보고 이것의 이름이 무엇일까 궁금하여 근처 식물원에 물어 보았다. 며칠 후 그 이름이 "소리쟁이"라는 답신이 왔다.

강가의 여러 가지 갈색조, 물 웅덩이 옆의 인디언 핑크 계열의 풍성한 자태, 하늘 아래 하늘거리는 여름꽃들 옆에서 장식처럼 서 있는 것들, 먼 개울물 속 한 그루 작은 나무처럼 자란 것들을 매일 만나며 빛과 물이 그 형태와 채색을 다양하게 만들고 있다는 것을 알게 되었다.

소리쟁이라는 그 이름처럼 아름다운 것들이 내 영혼에 메아리쳐 이룬 감성의 세계를 영상으로 모아 대전의 동생에게 보냈다. "나의 소리쟁이들의 노래 들어 보아!" 라는 메시지와 함께. 그러자 곧 그 소리쟁이의 노래를 들었노라며 동생이 음성 메일을 보내왔다.

동생은 작년에 나와 함께 기도하며 자기의 영가를 들

려 주어 무척 놀랐는데, 7분 정도의 녹음 메일에서 이국어와 우리 말을 섞어 자기 영혼의 깊은 골짜기에서 길어 올린 소울을 나에게 들려 주었다. 또 다시 어떤 경이의 체험으로 가슴이 가득 차 오르는 순간이었다.

재작년 늦가을부터 시를 쓰게 되면서 강변의 자연 속에서 나는 이런 소울들을 만나게 되었다. 그 중에서 가장 아름답고 다채로운 노래를 불러 주는 것들이 족제비싸리, 갈대, 소리쟁이였다.

족제비싸리는 작년 늦가을부터 갖가지 아름다운 자태로 오페라의 유령이 되어 나를 매혹의 세계로 이끌었다. 강변의 여러 갈대들도 사계절 내내 나의 마음과 눈에서 떠나지 않고 영감의 세계에서 늘 따라 다녔다.

파스텔 녹색으로 봄에 피어나 10월 초까지 아름다운 소울을 들려 준 소리쟁이는 또 다른 의미가 있다. 자연 속의 식물들이 나에게 들려 준 노래를 자기 영혼의 노래로 번역해 나에게 또 다시 불러 주는 사랑하는 동생을 나는 나의 소리쟁이라고 부르게 된 것이다.

내가 "소리쟁이의 노래 들어 보아" 하고 그에게 말한 순간부터 그는 나의 소리쟁이가 되었다. 내가 시를 써서 자연의 영상과 함께 그에게 전송하면 그는 나의 그 작은 창조물을 보고 자기의 영가와 기도를 음성 메일로 보내왔다. 그러면 그것들이 또 다시 나의 시적 영감의 샘이 되기도 했다.

우리는 오십 중반을 넘어가는 자매이다. 저 먼 시간 너머에 아스라히 깔려 있는 기억의 모래밭 속에 우리가 함께 손 잡고 춤추며 노래하던 작은 추억의 조가비가 박혀 있다. 어머니의 장롱 서랍에서 꺼낸 긴 스카프나 보자기를 머리에 쓰고 오페라의 가수처럼 노래하며 놀던 그 어린 시절의 무늬가 새겨진 시간의 편린이…. 그 시절을 지나 온 후 동생과 나는 다시 그런 노래를 함께 불러 본 적이 없다.

오랜 시간이 흘러 우리는 이 많은 곡조와 말들로 우리 마음의 계곡이 깊어진 것을 알게 되었다. 그의 노래는 포크 소울 같은 느낌이 난다. 나의 시에는 그 노래의 선율이 깔려 있는 것들이 있다. 내가 음악을 좋아해서 창조주께서 사랑하는 동생에게 이 멜로디와 말을 부어 주신 것 같다.

나의 소리쟁이들과 함께 부른 노래를 어머니와 사랑하는 가족, 친구들에게 보낸다. 이 노래를 듣고 좋아할 많은 새 친구들도 기대하면서!

봄빛이 천천히…

2월의 강변 한적한 길로
봄빛이 천천히 오고 있다

긴 겨울을 지나고
함박눈이 며칠 내리더니
이 곳은
푸르름과 황금빛으로 고요하다

강물은 페르시안 블루 체크 패턴으로 출렁이고
하얀 풀들이
출애굽의 카펫처럼
물 위에 깔렸다

강변의 영혼이
새 봄의 노래를 부르기 시작한다

먼 하늘 아래 낮게 펼쳐진
산들은
그 영혼의 노래를
언제나 듣게 될까?

봄 섬을 찾아서

시가 흐르는 강을 따라간다

물살은 느리고
아지랭이 덮인 희뿌연 하늘 아래
물색도 물주름도 깊지 않다

누런 양털 같은 러그 위에
가는 선으로 그려진
음악 같은 나무 한 그루를 지난다

강은 비스듬히 시를 따라가다
한 섬에 다다른다

섬은 오로지 나무 한 그루
가지는 무수히 많다
마치 작은 숲과 같다

봄 편지의 우표

오늘 새벽 갈색 나무 패널 집
우체국이 생각났다
그곳에서 우표 한 장을 사고 싶었다

어제 온 봄 편지의 우표…
얼마 전 내린 눈송이가
햇살 속에 부푼 듯이
꽃눈이 가지가지 맺힌
비탈 위 한 그루 나무 너머에
고불한 선의 행렬로
하나의 미술 작품이 된
대지를 지나
아주 멀리 은회색 하늘 아래
내 눈에 들어온
오렌지 페인팅 집

나는 에메랄드 빛 하늘이 내다보이는
통영 우체국 창 앞에서

편지를 읽었던
한 시인을 생각했다

내일은 우체국에 가서
우표 한 장을 사와야지
아메리카의 호숫가 집 마당에 핀
봄꽃들이 우표의 그림이었으면 좋겠다

가루 같은 먼지가
윙윙대는
햇살 한 줄기가
우표의 하얀 레이스처럼 떠오른다

백사장의 연꽃은 라흐마니노프가 듣고 싶다

친구가 보낸 샌프란시스코의 풍경화

현수교 위로 하얀 파도가 몰아친다
붉은 노을을 얹은 파란 산들이
크고 작은 돛배를 띄운 바다를 감싸안고 있다
빅토리아식 상가 건물들이 스테인드글라스처럼 아름답다
큰 길엔 아티스트의 오렌지색 버스와
까만 자동차 자전거 바퀴가 달린다

아침마다 커튼을 젖히며 만나는 바다 풍경은

흰구름 같은 제철소 굴뚝의 연기
에펠이 후예가 만든 하얀 힌답
만에 길게 드리워진 데코레이션 불빛
먼 동쪽의 무거운 카고쉽
고기를 잡으러 청회색 물살을 일으키며 떠가는 작은 배들

나는 이 도시에서 바닷가 산책을 할 때
샌프란시스코의 풍경화를 생각한다
백사장에 선 연꽃 같은 하얀 파라솔이
라흐마니노프의 협주곡처럼
부서지는 파도 소리를 듣고 싶어하듯이…

올리브 그린 머플러

제비 같은 동백꽃 두 송이가
화요일 아침에
올리브 그린 캐시미어 니트를 입고
의자에 앉아 계신
어머니를 바라본다

나에게도 올리브 그린 컬러의
오래된 머플러가 있다

동백나무 이파리 같은
진한 그린의 끝자락 위로
줄무늬가 점점 연한 물빛이 되어 간다

30년 된 이 머플러는
옷장의 스카프 칸에서
줄무늬를 시간처럼 펼친 채
언제나 주인인 양 나를 보고 있었다

올 겨울에 오랜만에
이 니트 머플러를
검은 점퍼의 칼라 주위에 둘러 보았다

약간 길이가 짧은 이 머플러는
점퍼의 가슴께에서 추스리기가 좋다

올리브 그린의 컬러도
이제는 어머니의 라운드 스웨터처럼
나에게 잘 어울린다

이웃집의 꽃

바람 자지 않는 이 봄
꽃은 피었다

봄볕이 익어 가고
어느 날
검은 반점 오렌지 색 날개의 나비 한 마리가
활짝 핀 하얀 매화꽃들 사이에 오래 머물고 있었다
벌들도 이 꽃 저 꽃을 찾아 윙윙거렸다

시긴의 박동이 내 심장에 전해졌나

강가에 살던 오리과 새들은
날개를 퍼득이며 멀리 날아갔다

먼 곳의 혈육과 친구들이
편지를 보내 왔다

강변 마을 어느 집은

담장 너머로 꽃을 피웠다
바람결에 날아든 꽃잎 하나가
내게 미소를 지었다
꽃 향기가 바람결을 따라 흩어졌다

나도 봄빛 같은 미소와 꽃잎 같은 말들을
담장 너머에 심어
그 집의 봄꽃으로 피어나고 싶었다

다정한 이웃, 나의 아버지, 이웃집의 꽃처럼…

불꽃놀이

먼 산이 고요하고 아득한
길을 따라 가니
넓은 평원 위에 돌들이
여러 가지 빛깔과 질감과 형태로 펼쳐져 있다
회색, 베이지, 연한 바다 빛깔, 황갈색의
형상들을 눈으로 어루만지며
발바닥 아래로 그 형태를 느끼며 걸어갔다

여기저기 족제비싸리
꽃 같은 마른 잎들이 아직 그대로 남은
가는 줄기의 나무들이
금빛 숲 속에서 침묵의 향을
맑은 공기 속에 섞고 있었다

봄으로 가는 어여쁜 개울의
물 흐르는 소리가 비늘처럼 빛났다

파란 하늘이 드러나니

저 평원 위의 돌들에 불을 당겨
그 침묵 세계의 갖가지 형상과 말들을
저 멀리 쏘아 올려
불꽃으로 피어나게 하고 싶었다

황갈색 포장지에 싸인 오월의 마가렛

4월이
어느 날 내린 빗물처럼
강물 속에 넘쳐 흘러 가던 날
나는 하얀 꽃들을 기다리게 되었다

풀빛이 짙어지며
긴 풀잎의 등 위에 내려앉은
광선이 더욱 투명해졌다

온 몸에 휘휘 감겨 오는
후덥지근한 공기 속으로
어디선가에서 실려 온
오월의 향…

푸르디 푸른 하늘의
향내를 맡으려고
비스듬히 몸을 기울인
키 큰 아카시아 나무 한 그루

그 향기는
수많은 꽃잎 속에서
하얀 파도가 되어
초원 위로 밀려왔다

초록 빛에 물든
내 두 발이
아카시아꽃 향내에 젖었다

강물은 금빛 갈대처럼
찬란히 빛나고
내 두 눈엔
하얀 마가렛 다섯 송이가
들어왔다

하늘의 향을 담은
아카시아의 하얀 파도에 젖어
초록 위에 선 나에게
마가렛 몇 송이가
황갈색 포장지에 싸여
프랑스 영화처럼 안겨 왔다

초여름의 프롬네이드

강둑 초록 비탈 위에
하얀 개망초 꽃들이 피었다
가을의 들국화보다 눈부시고
봄날의 마가렛보다 소담한
이 초여름의 소울!

나는 소울의 에튀드를 들으며
강가를 걸어간다

멀리서 시들어 가는 찔레꽃 향이 훅 날아온다
개망초의 은물결을 따라가다
연분홍 메꽃들을 만난다
나팔수처럼 여기저기 홀로 핀 메꽃에서
내 마음의 음악이 들려 온다

회갈색 마른 줄기들 사이에선
바위 위의 목동이
녹색 잎사귀들이 춤추는 풀밭에선

아를르의 여인이…
아주 어린 붉은 코스모스 한 송이 옆에서는
모차르트의 클라리넷 협주곡을 듣는다

강바람에 모자가 날아가 버린다

모자를 주우러 가며
흰 날개가 연두색으로 물들어 가는
나비 한 마리를 본다
그 나비를 쫓아가다
개망초 무리를 다시 만난다

나는 그림자로 초원에 누워
초여름의 소울 개망초 꽃이 된다

꽃과 바다

오월의 태양빛에
하얀 몸을 드러내었을 때
백합꽃 비단 잎 같던
네가

산들바람에 하늘거리는
쉬폰 드레스의 레드 바이올렛 옷자락을
석양의 황금빛으로 물들이고 있네

하얗게 가라앉은
모래밭을 걸어
푸른 바다 앞에 선
너에게서
달큰한 꽃 향기와
먼 길을 달려온 파도의
싱그런 피로감이 번져나온다

히야신스 같은 저녁
하늘의 구름들이
그 향내를 실어가네

유월이 오면 골든웨이브가…

아카시아 꽃다발이
샹들리에처럼 늘어진 숲에선
하얀 찔레꽃이
푸른 잎 속 가시를 드러내지 않는다

연두색 물보라를 일으키기 시작한
바닷가 보리밭에서도
이삭들의 쭈뼛한 하얀 수염이
아프지 않다

해당화 핀 방풍림의 솔잎 끝도
푸르른 하늘에 잠기었다

가뭄은 시루 위에 펼쳐진 면포같이
흐느적 흐느적 흐른다

첫 봄에 본 강가의 코사쥬 같던
둥글고 푸른 잎사귀가

점점 가늘고 길게 자라고 있다
꽃줄기가 돋아나고
청동빛 꽃봉오리들이 무수히 맺혔다

꽃은 하나 둘 노랗게 피어났다

유월이 오면
강물에 상쾌한 빛이 출렁이고
우리 눈엔 골든웨이브가 밀려 오리라

바리에이션

바람결에 빛나는 물 위로
열기와 습기가 휘 날려간다

나무는 여름을 기다리며
붉게 푸르게 물들어 가고 있다

오늘 나뭇가지에 날아든 새는
겨울에 그리워하던
세상의 아름다운 향기와 색채로
깃털을 물들이고
작은 부리에 초록 잎새 하나를
물고 있다

나무는 새의 지줄대는 이야기를 듣고
바람의 노래를 만들어
겨울 날의 시인에게 들려 줄 것이다

봄날에 시인이 그 노래를
물 위에 띄우면
웨이크 보드를 타며
푸른 물길을 만드는 젊은 사람의
즐거운 생의 찬가로
빛날 것이다

걷는 시인

긴 바다 여행을 따라가던
큰 날개의 알바트로스는
이제 날개를 접고
팔다리를 흔들며
하얀 끈이 나풀거리는
갈색 스프리트 운동화를 신고 걷는다

어느 날 바닷가 백사장에 선
연꽃 같은 파라솔을 보러 갔다

나는 걸어 가면서 가끔 프랑스 말로
"황금빛 말들"을 했다
그것을 듣고
어떤 사람이 웃었다

그 아름다운 웃음을 보고
내 입에서 "Rire brillant, merci!"
물방울 같은 말이 터져나왔다

그 웃음에서 번져나는 빛과
내 말소리의 입김이
그곳 공기에 향기로운 의미의 떨림을 일으켰다

내 발에 붙어 있는 동사는 "걷는다"이다
그 동사는 갈 곳을 안다
내 발은 또 다른 곳의
"rire brillant"을 만나러 간다

축복의 잔

파도 소리가 황금빛으로 다가오며
하이얀 개망초의 물보라가 일었다

지난 겨울
강변의 사막에서 받은 축복의 잔에
이 황금빛 파도가 출렁이며
하얀 꽃들의 물보라가
바람과 함께 빛난다

강물은 흘러가며 말한다

내가 오직 태초부터 너를 사랑하였음이라
오직 사랑하는 나의 딸이여
온 맘과 온 정성으로
내가 이르는 축복의 잔을
날마다 받으며
기쁨으로 마시라

황금빛 파도가 노래한다
꽃들의 꽃이오
새들의 새요
사람들의 사람이오
하늘 천사들의 천사로
당신을 따르리라

하얀 물보라는
사랑과 감사의 꽃으로
푸른 초원 위에서 흔들린다

오월을 넘어가는 푸르른 하늘
흰 나비 한 마리가
금물결 은물결 넘실대는 땅 위에
평화의 메시지를 뿌리며 날아간다

단순한 기쁨

생의 단순한 기쁨은

스무 살 적엔 빈센트의 별이 빛나는 밤

서른 살엔 나나무스쿠리의 목소리에 실려 온 황금빛 수선화 일곱 송이

마흔 살엔 마태복음의 산상수훈

쉰 살에는 생일 날 받는 가족들의 선물

이 초여름 날엔 아침 드라마 같은 초원의 로맨스

푸르게 물들어 가는 날개로 개망초 꽃 위에 앉거나
하얀 날갯짓으로 물가 갈대 줄기 옆을 스치는 나비들,
커다란 풀잎 안에 붙은 나무색 어린 풍뎅이
키 작은 나무의 꽃과 잎새 사이에 숨어
사람이 모르는 노래를 지줄대다

또 다른 나무로 날아 오르는 참새들,
현기증 나도록 뜨거운 허공에서
투명한 날개로 비행 연습을 하다가
물가의 긴 초록 잎새들을 넘어
붉게 물들어 가는 유채 위를 맴도는 잠자리들
노란 꽃에 호박 장식처럼 빛나는 벌

초원의 드라마 테마 음악처럼
바람만 사각거리고
물소리 들리지 않는 오후 4시의 강가에
아델라이데 부르는 소리가 흘러간다

작은 섬

갈대 줄기와 싱싱한 물풀로
계절이 만든 둥지 같은 작은 섬

갓 태어난 아기 잠자리가
보이지 않는 날개로 물풀 위를 떠다니고
엊그제 알에서 깨어난 작은 새가
풀 끝에 앉았다가 포르릉 내게로
섬을 물고 날아온다

산딸기 주스

봄이 오자
자줏빛깔 가지의
키 작은 나무들이
강둑 비탈에 섰다

4월 어느날
꽃잎이 다섯 장인 하얀 꽃과
세 갈래로 갈라진
초록 잎사귀가 물길 위에 드리워
계절이 말간 거울이 되었다

지상의 온기와 함께
일제히 하나씩 깨어나기 시작한
수많은 생명들…
나는 그때 아직 그 이름들을 부르지 못했다

이른 여름이 찾아오고
매일매일 초원의 로맨스가
아침 드라마처럼 기다려질 때
나는 그 이름들을 하나씩 알게 되었다
강둑 비탈에 선 자줏빛 가지엔

붉은 열매들이 맺혔다
아! 산딸기…

한낮의 태양은 날로
따가운 햇살을 쏘아대고
딸기들은 금방금방 불에 구워지듯
익어 갔다

딸기 한 통을 따서
강가 모래흙 길을 걸어올 때
참새들이 물총에서 튀어나가듯
빠르게 날아오르며
무성한 잎사귀 그늘 속에 숨었다
시원한 바람결에 출렁이는 물 위로
투명한 날개를 휘젓던 잠자리 한 마리가
타이 핀처럼 물 속에 잠기었다

하얀 천막과 운동기구가 늘어 선
풀밭 위에 낮게 떠가던 흰 나비는
식탁 위 한 송이 꽃과 같았다

커다란 유리벽 끝 창문 한 쪽을 열고
슈베르트의 세레나데를 들으며
붉은 산딸기 주스 한 잔을 마신다

소나티네

물가의 여름풀들
작은 바위 틈에서 피어나고 있다

우리 집과 똑같았던 2층집
윤이 나는 검정색 피아노의
하얀 뜨게 레이스 덮개처럼

하얀 모래색 바위들에서
자연의 소나티네가 들려 온다

내 맘에 스며 오는
아침 이슬의 청초함,
신의 자장가 같은 평화로움

낮에 뜬 달빛이 흘러든 강물에도
잔물결이 인다

사막의 여름

그 사막은 강의 돌과 모래 베이이다
겨울에 그 사막을 만났다
찬 바람에도 가지가 휘지 않는 나무가
좁은 물길 너머 그곳을 바라보고 있었다
봄이 언제 지났던가
둑방과 강 언저리에서 생명의 축제가 계속되는 동안
나무는 그 사막을 잊었다

초록색 긴 풀잎들이 층층이 큰 키로 자라고
개망초가 안개처럼 번져 갈 때
강을 가로지르는 다리 위에 서서
그 겨울의 사막을 찾아보았다
푸르레한 물 속 하얗게 떠가는 구름들 곁에
그 사막이 떠 있다
물이 스며든 그곳은
풀빛에 물들어 긴 삼각형으로 펼쳐져 있다
강가의 그 겨울나무는
아카시아 같은 잎사귀들로 덮여

두어 그루 다른 나무들과 함께
벌써 씨앗을 맺은 꽃들을
그 그늘 아래 두고
여름날의 휴식 안에 있다

물색은 곱고 투명하다
모래흙과 돌들도 따스한 태양빛 속에
잠들어 있다
깃털 같은 초록에 겹겹이 싸인
노란 꽃 한 무더기가
그 사막을 마주하고
이 시간의 안식을 얻는다

검은 잠자리의 꿈

여름날 한낮에 검은 잠자리가
밀려오는 녹색 파도를 타고 온다

아카시아와 콩줄기 덤불이
초록색 탑을 쌓고 있는 자연의 신전에서
열기에 들뜬 창백한 하늘에
아카시아 잎들이 써가는 여름의 송가
새들이 부르는 그 노래
평화와 정적의 그늘 아래에서
그 자연의 합창을 듣는 큰 잎사귀들의 귀

검은 날개가 꽃처럼 흔들린다

물 위의 초록색 카펫을 걸어와
노란 꽃들을 크라운처럼 받쳐든 바람이
참새귀리의 보랏빛 감도는 갈색 이삭 옷을 입는다
물을 건너 왕홀 같은 다크브라운의 작은 나뭇가지를 잡은 바람은

자연의 책갈피를 넘겨
푸른 꽃 한 송이를 찾아
가슴에 꽂는다

검은 빌로드 옷을 입은 잠자리가
부드러운 날개를 털며
한낮의 꿈을 타고 날아간다

소리쟁이의 노래

다리 난간 옆
양떼 구름 이는 둑방 위
낙타색 이삭을 늘어뜨린 참새귀리들
갈색으로 변한 소리쟁이들
여기저기 서 있네

봄부터 기다려 온 어떤 영혼의 노래가 들려 오는 듯

초원에 자연의 파스텔 같은
밝고 깨끗한 새순들이
종류석처럼 자라고 있네
말할 수 없이 부드러운 빛깔로
성장한
한 다발의 소리쟁이들
강가의 긴 풀잎들이
바람에 흔들릴 때
아름다운 갈색조 소리쟁이들이
하늘에 핀 여름꽃과 함께 노래를 부르네

소라껍질을 귀에 대고
파도 소리를 듣는 사람처럼
그 영혼의 노래를 들었네

너 나 영혼아
너의 영혼 소리 들으니
내 영혼이 흐른다
너의 영혼이 흐르는고나
영혼아 너의 영혼아
사랑이 흐르는고나
내 영혼은 너를 부른다

강을 생각하며

초원 위로 바람이 날아와
붉그레한 창백한 골드와 연녹색의 이불꾸밈 실 같은
긴 풀들이 일제히 눕는다
수면의 주름들도 누워 흐른다
바람이 즐겁고 상쾌한 물과 풀

참새들이 하나 둘 셋 높은 잎그늘로 날아오르고
초록색 향을 내뿜는 초본의 행렬 위로
나비들도 하얗게 날아간다

잠자리 한 마리가 풀잎 위로 날아온다
투명한 날개 위 검은 무늬가
어제보다 뚜렷해졌다
갈색 씨앗들로 타들어가는 토끼풀의
시든 꽃 위에
나비가 잠시 머물다 간다

다리 그늘 나무 의자에 앉아

생각하는 사람은
열풍을 강물로 씻어낸다
녹색 풀잎 더미에 숨어 있다
푸드득 날아오르는 하얀 새
강물을 가르는 섬 같은 그린들 위로 새는 날아간다
가뭇한 작은 잎들로 덮인
고요한 검은 늪을 남기고
맑고 고운 물이 멀리 흘러간다

초원에서 길을 찾으며

여름의 태양빛이 유리창 위에서 뜨겁다
누군가 남기고 간
밀짚으로 짠 모자와 가방을 챙기고
긴 팔 셔츠를 입는다.

땅 위에 깔린 개망초의 안개 같은 그늘을 따라간다
우거진 아카시아 방벽, 나뭇가지 액자들 속에
하늘 구름 그려져 있네,
창백한 갈대 줄기들이
녹음 속에서 쏟아지는 태양빛으로 길게 빛난다
수초들이 마구 자란 웅덩이,
큰 돌들이 흩어진 곳에
빛과 물이 채색한
파스텔 기둥 같은 소리쟁이들이
오라, 오라! 한다.

토끼풀과 땅을 기는 풀잎들이
양탄자처럼 펼쳐지며 달려온다

내 가슴께로 자란 키 큰 달맞이와
붉은 꽃 노란 꽃이
그 무늬로다
녹색 파도의 눈부신 등을 타고
검은 잠자리들도 날아 온다
넘쳐흐르는 황금빛 물결 위로
녹색 파도가 밀려 온다
산딸기가 루비처럼 영롱했던 언덕으로부터
모래색 물결이 다가오며 일렁거린다
빛 속에서 모래 알갱이들이 흩어지며 반짝이는 것만 같다
하얗고 검은 무늬의 큰 새 한 마리가
여름의 수증기 장막 속으로
퍽 날아올라
흰 거품 이는 파란 빛의 바다로 미끄러져 간다

자동차 바퀴가 굴러 흙이 드러난 곳
풀잎에 찔리지 않으려고 발을 비킨다

시원한 꽃물결이 잦아들며
나타나는 키 큰 초본의 행렬

여름 발처럼 편안하게 드리워진 갈대 앞에 선
키 큰 나무 한 그루,
밀짚 모자 그늘이 그 그림자를 따라간다
푸르게 물든 내 마음 앞에서
날개가 두 겹으로 자란
보라색 갈색 나비들이 춤을 추다가
풀잎 위에 사뿐 내려 앉으니
모두 하얀 날개로 접힌다

초록색 양탄자의 끝자락,
쓰러진 나뭇가지들을 장식한 하얀 꽃과 풀들…

녹색의 찬란함이 가라앉고
흙이 여기저기 드러나며
꽃들도 한적해지는 곳,
분홍 자주 코스모스 두 송이
크고 작게 피었고
멀리 노란 꽃 하나
살며시 손 흔드는 개망초 한 무리

시간이 정지한 듯 흐르는 듯

내 발걸음도 멈추듯 흐르듯

초원에서 길을 찾으며…

무엇을 할까요

소리없이 말없이 들려 오는
풀잎들의 노래
별처럼 흩어진 하얀 꽃들아
들었니, 들었니
귀여운 영혼의 즐거움과 행복의 노래

구슬 같은 아침 이슬이
하얀 이마 위에 떨어져
프린세스의 머릿장식처럼 빛나고
노란 꽃이 맺은 붉은 빛깔 씨앗이
두 눈에 태양처럼 떠오르네
이 아침에
가슴에 뜨는 소리들 모으니
그림같이 보이는 강가의 코사쥬

두 손에 모은 사랑의 채색화들
나는 그것으로 무엇을 할까요

Primrose 향

물 냄새 풀 냄새 끼치는
축축한 여름 빗속의 산들바람,
싱싱한 초록의 향내 속에
살풋 느껴지는 향긋함

키 큰 식물의 코사쥬 같은
풀잎 끝에 다가가며
지난 겨울의 로션
오늘 머리 감은 갈색 샴푸를 생각한다

며칠 전 어느 곳에
달빛으로 피어났던 꽃, Primrose
미풍 속에 실려 온 싱그런 향은
그 Primrose의 잎사귀 향내다

나는 그 달빛 꽃과 잎사귀들을 본 적이 있다
초록색 잎사귀 같은 우산을 뒤로 젖히고
빗속에서 하얀 의자에 앉은 사람,

그의 밝고 깨끗한 웃음 띤 얼굴
윤기 흐르는 짧은 컷의 검은 머리결
손수 만든 레인코트

또 나는 그 향기를 기억한다
오늘 산들바람에서 느낀
그가 만든 로션과 샴푸의 향을…

아열대의 그늘

찬란한 태양이 다가오네!
나의 초목들이 높이높이 솟아 오르고
나비들은 검은 날개 속에
태양빛을 접어
내가 부를 때 깜박깜박
빛과 어둠의 무늬를 만든다
창조의 아침에 생겨난
이 초원과 숲의 모든 벌레들이
거침 없이 다가오는 빛으로
현란한 옷을 짓는다
초록이 창백해지도록
찬란하고 뜨거운 빛!
노란 꽃의 씨앗들이
붉은 다이아몬드같이 아름답다

시간이 잠시 여기에 멈추어 있는 듯…

우리는 주저 없이 빛을 바라본다.

물소리 들리네

둑방길 따라 층층이 자라던 달맞이
비가 안개 같은 장막으로 흐느적대던 날
달빛 꽃을 피웠다
풀잎과 나뭇잎 위에선
은빛 물방울들이 어느 축일의 장식처럼 빛나고
잠자리의 투명 날개가 파르르 지젤의 옷처럼 떨린다
강아지풀도 부드러운 비바람에 젖어
녹두색 머리를 가만히 흔들어댄다
오래 안 깨끗한 얼굴 같은 코스모스가
내 맘 속의 하늘처럼 이제 높이 피어났네!

어린 플라타너스 갯버들의 잎사귀가
하얀 허공에서 날갯짓을 하고 있는 개울가,
물소리 들리네,
중국여행에서 가져온 우화석 무늬처럼
제 형과 색이 드러난 돌들이
무엇을 부르고 있는 듯

먼 산 계곡을 지나
푸르른 초원을 굽이굽이 가르며
크고 작은 물길을 만들고
마을의 다리를 지날 때
여울이 되었다가
키 큰 부들과 아름다운 소리쟁이들,
여기저기 물풀 사이사이를 지나
여기서 개울이 된 물의 소리가
돌들의 마음을 적시었네

너의 소리가
나의 맘에 젖고
나의 사랑이 너의 영혼에 잦아들 때
무수한 사랑의 이야기가 흐르네.

비 개인 날 숲으로 가는 길

초록이 짙게 배인 우거진 아카시아 그늘이
살며시 흔들리고 있는 숲으로 가는 길
분홍색 새순이 움튼 족제비싸리들,
이국적인 여름꽃도 이따금 피어 있네
후드득 후드득 나무 잎사귀들 사이에서
나의 그림이 되어 주는 검은 잠자리들
크게 자란 잎사귀를 늘어뜨리며
여기 저기 녹색 돔을 이루고 있는 풀잎더미
나는 강변의 정자 그늘
목재 난간 의자에 앉는다
축축한 습기를 말리고 있는 숲 속 나무들을 바라보며
멀리서 들려 오는 새소리를 마음에 모은다

개인 하늘에서 쏟아지는 뜨거운 빛이
초원에 가득하다
밝고 맑은 공기 중에 떠다니는
여름의 귀여운 영혼들,
목재 빛깔의 짧은 몸과 날개들이

네온처럼 반짝반짝…

코스모스와 계절의 꽃들이

초원에 무지개를 세운다

베이지 색에 검은 얼룩 무늬를 띤

지적인 나비 한 쌍이

그 무지개를 축복한다

숲에서 전해지는 맑고 시원한 향

숲에서 전해지는 하늘 구름의 빛

내 맘에서 호수가 되는 숲의 그늘

하늘 식탁보를 깐 잔치

자연의 땅,
봄 여름 지나며
인간의 땀방울이 떨어진 자리에
꽃이 피었네

이 지상의 양식이
내 마음의 채소밭에서
그림이 되었다

오늘 우리들 마음의 식탁에
하늘 식타보를 깔자
땅에서 자란 야채의 건강한 색으로
소찬을 만들고
식물이 그늘진 의자 아래에서
풀벌레의 연주를 들으며
마음의 잔치를 맞자

땅의 것들아

크게 호흡하며 즐거워하라

너와 나의 호흡 또한 커져라!

두 번째 피는 꽃들

하늘에서 물과 빛이 내린다
땅 속의 뿌리들이 싱싱해져
분수의 물줄기처럼
초록의 새 생명들이 솟아오른다
때가 지나 흘러간 이야기가 된
이 지상의 사라져 간 것들이
다시 살아나고 있다

물가에 풍성한 푸성귀 다발 같은
잎사귀들 사이에서
긴 꽃줄기 하나가
타이처럼 길게 뻗어나와
내 가슴에 빛의 음악 같은
골든웨이브 핀 송이를 꽂는다

분홍 새순이 봄날 같은 가지 끝,
작은 여름 새들의 그늘 속에
이따금 이국적인 꽃들이 보이고

푸르름이 장엄한 키 큰 나무 아래
어린 나비 같은 노란 꽃들이
바람결에 살랑거린다

어느 날 하늘은 푸르르고
흰 구름이 길게 스친다
언덕길의 개망초 무리가 별같이 사라져 가고
수박색 드레스를 입은 나뭇가지 끝에서
잃어버린 손수건 같은
하얀 아카시아 한 다발이 흔들리고 있다

물과 빛이 비단결처럼 흘러가는 시간,
사랑이 익어 다시 때를 맞이한
이 지상의 두 번째 꽃들!
음악처럼 분수처럼 나비처럼 하얀 손수건처럼 소녀의 분홍색 볼처럼
가슴 속에 피어나는
우리들의 옛 이야기
윤기를 더해 가는 수면의 주름 아래로
우리의 시선도 깊어진다

색채의 느낌

가을날의 잔디 위에
노란 정원 국화가 송이송이 먼 길을 간다
햇살을 달려간 화살이
과녁에서 느낌표가 되었다
사각 플라스틱 화분에는
시든 가을꽃들이
동양화의 채색으로 엉클어져 있었다

그해 가을이다
찬 바람이 11월을 넘어 갈 때
식물원에서 흔들리던 무수한 녹색 그늘이
오 내 사랑, 목련화를 부르고 있었다
시리게 푸른 하늘, 먼 산을 보니
잎을 거의 떨군 키 큰 나무들이
오르간의 파이프처럼 서서
늦가을의 노래를 연주했다
오솔길 모퉁이에 선 붉은 단풍나무는
디아벨리 변주곡을
빛과 그림자 위에 떨구었다

늪 위의 그린들

여름날의 풀잎들은 자유롭다
바람따라 몸을 움직이고
물 속으로 줄기를 벋어
물 위에 제 몸을 누인다
강가에선 아주 높이 키를 세우고
뾰족한 잎사귀를 하늘에 스치운다

지난 해가 남긴
씨앗 달린 마른 줄기 위에
투명 날개를 앉힌 붉은 잠자리,
늪 위의 그린들을 바라본다
부드럽고 푸른 것들 위에 내린
침묵, 안식, 고요
평온 속에 잠든 여름의 꿈결 같은 빛깔,
검푸른 잠자리의 비행
긴 풀잎들의 빛 그림자…

떨리는 너의 물그림자 위에…

너는 이 여름 내가 가꾼 그린들의 섬,
비 온 후의 강물로 흐르는
내 맘 위에 떠 있네
백조들이 풀잎더미에서 나타나
작은 물결 안 너의 물그림자를 본다
비가 한 번 더 온 후
겨울에 보았던 검은 오리가
하늘이 잠겨 수채화가 된
맑은 물 위를 미끄러져
너의 물그림자 안으로 들어온다
산들바람에 긴 그린들이
파도처럼 밀리며 누울 때
부서지는 빛 속에서
물살도 흔들린다
백조와 검은 오리는
떨리는 너의 물그림자 위에 떠 있네

생각하는 갈대, 가을길에서

겨울 오리가 벌써 짧은 날개를 펼치며 날아온다
며칠 비가 내리며
여름의 찌꺼기들이 황톳물 속에 흘러갔다
물은 이제 점점 맑아지고
조금씩 드러나는 흰구름 푸른 하늘…
물이 잦아드는 강가에서
백조들이 서서 기다린다

창백한 여름을 넘기고
다시 투명하게 빛나는 녹색 파도,
사각사각 바람을 접어
긴 풀잎이 몸을 씻네
하늘에 스치우던 뾰족한 긴 잎사귀들,
물 위로 벋어가던 잎 줄기 위로
나부끼는 비둘기 색의 긴 털들,
한낮의 상쾌한 햇살 속에
흩날리는 금빛 은빛의 노래
가을로 가는 길에서
나를 부르네

한낮의 언덕길에서

찬란한 햇살이 내 맘 안에 출렁이니
강물도 출렁인다
나는 간다, 흘러간다
깊은 맘
아픈 맘
하늘을 보는 맘들이…
여름 꽃들도 가고
여기 한 송이가 그리움으로 남았네
그것은 가장 늦게까지
가버린 것들을 그리워하리라

길이 저기 있다
길 위에 선 나에게 길이 보인다
꽃은 바람과 햇살 속에
잠자리 날개처럼 떨리고
내 안에선 바람 햇살이 출렁인다

앙리 루쏘의 판타지

하얀 허공,
빗방울 구르는 여름 나뭇잎 가지 위
초록색 몸의 검은 잠자리 날개들

새벽 같은 하늘에
바람이 흩어 놓은 구름
그것을 받쳐든 하얀 날개 지붕,
여름을 넘긴 매트 같은 초록 위에
그 그림자를 내려놓았네.
바람결에 날아 온 나뭇잎들이
나뭇가지 바구니에 채워진다
나뭇잎에 새겨진 메시지를
손으로 하나 꺼내 주우니
모서리마다 세워진 하얀 기둥 안에
바람이 차듯
내 영혼에 가득해지는 그 여름의 이미지들…
깨끗한 초가을 초원을 지나온 바람이
이 집에 머물다 사라져 간다

귀여운 나의 천사,
바람결에 날개가 지난다
다시 올 계절까지 바람이 지나간다

하얀 지붕이 내린
초록 위 그늘에 남은
앙리 루쏘의 정물화,
초록의 잎사귀들이 옷깃처럼 내려진
하얀 도자기 화병
그 여름의 영상 같은 꽃들…
살구색과 파스텔 적색이 나눈
판타지의 공간!

이 계절의 시간

은회색 하늘이 허공을 가득 메우던 늦은 오후
잎도 꽃도 없이 계절을 나던
검갈색 나뭇가지 끝에
갈잠자리들이 가만히 쉬고 있다

발 아래 아직 꽃은 남아
늦게 태어난 나비의 날개가
아름다운 빛깔로 물든다
푸른 잎이 점점 길게 자라던 갈대는
녹색, 보라색, 갈색, 은빛, 금빛,
한없이 부드러운 크림색으로
날마다 피어나고
두둥실 떠오는 구름을 초원에서 맞으며
바람을 일으킨다

물은 줄어들고
강바닥이 점점 드러나고 있네,
무엇이 흘러가는 것일까

차분히 가라앉거나
이미 누렇게 빛깔을 잃은 그린들…
허공을 맴도는 잠자리의 투명 날개는
햇살 속에서 보일듯 말듯 하다

늪 위의 검푸른 잎사귀들은
두꺼운 이불이 되었다
깊이 잠든 물 속에서
흘러가고 있는 마음들…
어딘가에서 날아 온 씨앗들이 그 곁에
작은 등불 같은 꽃을 피웠네.

마른 가지 위의 기도

높은 하늘과 깊은 강물이
내 맘에 있으니
신의 사랑이 그 안에서 깊어라

구름 젖은 잿빛 하늘 아래
잎 꽃 없던 마른 가지 위에
꽃 같은 잠자리들 앉았네

긴 녹색 잎들이 자라던
여름의 갈대숲,
지난 해가 남긴 마른 가지 위에서
붉은 잠자리 쉬고 있더니…

비 오던 여름 날
달빛 꽃도 피었지

지난 겨울 오리가
물이 줄어드는 강가에서 기다리던

백조를 찾아왔다

바람을 일으키는 갈대들의 노래가

해맑은 코스모스와 작은 들국화 무리에게 들려 올 때

물 위에 얹힌 구름 하늘 위에서

너와 내가 들었다

마른 가지 위의 기도를…

오늘 갈대숲을 걸어가서…

그린이 엮어진 언덕 위 아카시아 나무 사이
푸르른 하늘에
하얀 배와 긴 꼬리, 날개를 가진
검은 새가 날아왔다

연보랏빛 벌개미취 부케의 그늘에 앉아 있던 주황색 호랑나비….

계절의 시계가 뚝딱뚝딱 울리며
구월이 가고
자줏빛으로 물들어 가던 산딸기 나무 위에
크림색 레이스가 길게 걸리었다

시원한 바람 불고 햇살이 날로 청명해질 때
하얀 소국의 무리가 드레스를 만들어
쓰러진 나뭇가지에 걸어 두었다

유월에 향긋한 꽃 향기를 전해 주던 찔레는

한여름 내 만든 보석 같은 붉은 열매를 꿰어
노랗게 물든 넝쿨에 목걸이를 걸었다

키보다 높이 자란 갈대들은
날마다 푸른 잎을 떨구며 흰 눈처럼 빛나고
푸른 하늘엔 흰 구름이 두둥실 흘러왔다

아직 파아란 클로버가 어여쁘게 놓인
길을 가니
황금빛 긴 풀잎들이 폭신한 양탄자처럼 누워 있다

가을 나비 갈색 웅덩이를 경쾌하고 우아하게 건너 간다
포근한 숲 안은 정겨운 코스모스 꽃길…
여름보다 눈과 날개가 더 맑게 빛나는
잠자리들이
위 아래로 유영하며 날아간다
하얀 들국화 무리가
가을의 채색을 한 초원에서
이 순결한 계절의 영들을 영접한다

이제 길은 눈부신 갈대 숲을 따라 두 줄기가 된다
강가에 다다른 두 사람
두 그루의 나무가 되었다
바람을 한껏 들이마셔
가지를 부풀린 나무들은
흑갈색 씨앗과 푸른 잎사귀를 흔들며
서로의 소망을 나눈다
발 아래 긴 그림들은
날이 갈수록 금빛으로 빛나리!

시월의 초원 위에서
족제비싸리가 부르는
축복의 노래가 맑은 공기 속으로 흘러가네

언덕 위 하늘 커튼의 무늬가 된
아카시아 가지들 위로
작은 새들이 소리 없이 날아들어
이 아름다운 노래를 듣는고나!

맑고 고운 물이 저녁 햇살에 반짝인다
잔칫상의 불빛이 꺼지면

멀리멀리 흘러갈 시간,
우리의 친구들이여!
오늘, 이 시월의 사랑을
가슴에 담아 안고서…

어느 날의 바다 산책

햇살 담긴 붉은 등대를 지나
어부의 작은 배가 통 통 통
포구로 들어온다
물빛이 호수 같은 바닷물 위를
하얀 물새 두 마리
미끄러져 내게로 온다

두 겹의 푸른빛 산이
흰 구름 흩어진 맑은 하늘로
포구를 감싸안는다

해안에서 점점이 흩어지며 멀어져 간
바위들은 멀리서 섬이 된다

하얀 어선이 푸른 물 위에 떠오르고
바위섬 위엔 낚시 어부가…
하얀 배를 따라오는 바닷새들
푸른 언덕 아래 길게 펼쳐진 작은 돌섬에 모인 물새

들 틈에

하얗게 내린다

큰 바위와 가을의 그린들 위로 넓게 드리워진 그림자,

아름드리 나무의 얽힌 가지와 잎새들이네.

언덕 위의 빛나는 돌담,

푸르른 창공을 향해 출범하는 이 거대한 배,

이 항해를 따라가는 깃털 같은 구름들…

골드 링의 맹세

파도치는 초록의 긴 풀잎 사이로
새하얀 눈 같은 꽃들이
긴 줄기에 보석처럼 박혀
부활절의 양초들 같다.

4월의 영혼은
나비들에게 경쾌한 옷을 입혔다.

복사꽃이 강물처럼 흐르는
코발트 빛 하늘 아래
하얀 실크 연미복과 긴 드레스를 입은 두 사람이
골드 링을 서로의 손가락에
끼워 준다.

하늘하늘 꽃잎처럼
금빛 모래밭 위를 날아간
두 마리의 흰 나비가
그들의 골드 링 위에
하나씩 내려앉는다.

골드 링 속에 잠든 사랑은
푸르디 푸른 꿈에 잠긴다.

루앙의 숲길을 간 사람

하얀 선이 말끔한 2차선 아스팔트가
숲 속의 가을 빛 안으로 사라져 간다
부드러운 갈색 낙엽을 블랭킷처럼
펼쳐 놓은
길 옆의 키 큰 나무들
적당히 얽힌 가지를 벋어
녹색 잎새들이 차분히 빛난다

프랑스 루앙 부근의 이 숲길을
자동차 미러 안에서
바라보며
친구가 내게 말을 걸던 날,
나는 7번 국도의 메타세콰이어 길로 갔다
루앙의 낙엽처럼 아련히 물든 작은 나무와
먼 숲 속 장려한 풍경처럼
아주 높이 큰 나무들 사이로 난 길을…
나는 루앙의 숲길과 이 길을 걸어 가고 싶다
루앙은 아주 먼 곳,

이 메타세쿼이어 길은 자동차를 멈출 수 없는 곳…

루앙의 숲길을 간 사람은

자동차로 이 길을 달리고 싶겠지!

우화석

남경의 이른 아침
오래된 나무 그늘이 서늘한 벼룩시장에서
중국인들이 집에서 가져온 것들을 구경한다
청색 용이 귀엽게 그려진 겨자색 도자기 물병과
물에 담긴 둥글 납작한 작은 돌을 10원 20원에 산다

통역이 우화석이라 했다
들판에서 비에 젖었을 때
아름다운 채색 무늬가 드러나
그렇게 불리었나…

집으로 돌아와 유리 그릇에 물을 담고
그 돌들을 보며 지냈다
내 집 정원의 꽃들을 보듯이

그 우화석은 모두 잃어버렸다
장식장 안 도자기의 청색 용을 보면
그 돌꽃들이 추억으로 피어난다

어느 날 돌의 평원으로 갔다
봄의 고요한 갈대숲으로 가며
돌들을 눈으로 어루만지고
발 아래에서 형태를 느껴 보았다
아, 돌들이 정말 아름답네!

여름 날 비가 올 때는
은색 물방울 반짝이는 풀잎이
어여쁜 돌들 곁에 있네
아, 이것은 보석 같네!

물소리 들려 오는 개울로 가
바닥에 깔린 돌들을 보니
물 흐르는 소리와 무늬가 돌 위에서 빚어진다
늦가을 바람이 몹시 불던 날
쏴아쏴아 깊고 큰 소리를 내며
돌밭 사이로 물이 흐른다
살이 오른 새들이 물고기처럼
푸덕푸덕 뛰어 올라
날개를 털다 날아가 버린다
작은 돌 위엔 갓 태어난 작은 새들이

앉아다 뛰듯이 난다
피리릭 물을 건너가는 새들…
바닷가에서도
알록달록 화사한 돌들이
내 맘에 담겨온다
물새 한 마리 그 돌 위에 내려앉는다

나의 수집함에는 이 어여쁜 돌들이 가득하다
비 내리는 날
이 돌들은 꽃이 된다

제2부

강변의 사막

강변의 사막에서

가을바람이 지고 코트 깃에 한기가 느껴지던 날 운동화를 신고 오랜만에 강변으로 나갔다. 안개가 걷힌 오후였다. 흰 구름과 파란 하늘이 보였다. 그 동안 내가 "공백을 지나듯" 살아왔구나 하는 생각을 했다.

산책을 할 때 팔 다리가 무거워 그 움직임을 예민하게 자각하며 걸었었지… 그날은 나의 걸음걸이를 느끼지 않고 주변의 자연에 마음을 집중했다. 강둑 위에 허공을 커튼처럼 가리우고 있는 마른 생명들이 가장 먼저 보였다. 그리고 아름다운 여름 숙녀 같은 나무들을 만났다. 걸음걸음 아름다운 이미지를 슬라이드 영상처럼 드러내는 강가의 초겨울 풍경이 내 마음을 사로잡았다.

빛처럼 눈부신 갈대숲, 열매처럼 나뭇가지에 앉아 있는 작은 새들, 갖가지 자태로 한두 줄기 갈대와 어울려 여러 가지 느낌으로 다가온 강변의 군락식물들, 하늘빛과 바람에 따라 변하는 강물의 다채로운 빛깔과 패턴들, 하얀 모래흙에 섞여 차갑게 빛나는 작은 돌들, 이런 것들이 오페라의 유령을 불러 왔다. 나는 마음속에 이 풍경들을 스케치하여 왔다. 그 이후로 내 입에서는 마치 노래처럼 시가 터져 나왔다.

프랑스 시집을 읽는 즐거움도 내가 시를 쓰게 된 계기가 되었다. 사막같이 서걱서걱한 현실 세계에서 하루의 독서는 시 몇 편으로 그쳤다. 그 짧은 시 속에 긴 장편소설의 무게가 있음을 발견했다. 그래서 나 자신도 겨울내내 매일매일 시를 썼다. 시 쓰기를 통해 미적 인식을 통한 행복의 추구가 무엇인지 알게 되었다.

올 겨울 찾아간 옛 마을의 숲, 강가에서 아름다운 것들을 발견하고 그것을 사진과 글로 표현해 보았다. 나는 그 자연 속의 비밀을 엿본 한 마리 새이다. 그 시크릿 가든에서 새는 찌르륵 단 한 번 노래하고 하늘로 열린 높은 나뭇가지들 사이로 날아갔다.

나는 오늘도 마스네의 명상곡을 들으며 강변의 사막에 서 있다. 이 겨울에도 강에는 물이 흐르고 물새들이 강과 그 언저리에서 생명을 이어가고 있다.

차가운 돌과 하얀 모래흙이 사색으로 빛난다.

풍경 이야기

나는 매일 흰색 소나타를 타고 엄마와 함께 옛날에 살던 흥해읍에 간다.

그 드라이빙 길에서 시선을 조금 멀리 던지면 크림색 톤의 베이지 컬러와 중간 회색이 돋보이는 미니 이층집의 심플한 선이 한눈에 들어온다. 나는 "풍경 이야기"란 상점에서 산 내 거실 가구처럼 이 집을 강변의 갈대밭이 보이는 곳으로 옮겨 놓고 싶다. 그것은 어떤 미술관 가이드북에서 본 미국 현대 미술 작품의 한 인상을 재현해 보고 싶기 때문이다.

그레이 블루 커튼이 드리워진 이 집엔 1층의 큰 침실과 부엌, 2층의 서재가 있다. 그는 아침 6시에 잠을 깨어 면도를 하고 세수를 마친 다음 침상 곁에 놓인 작은 1인용 식탁에서 스테인리스 주전자에 담은 커피를 낡은 법랑 머그잔에 따르고 무늬 없는 하얀 접시에 호밀 빵을 썰어 놓고 무화과 잼을 발라 먹는다. 식사 후에 침대를 정리한 후 하얀 셔츠와 회색 스웨터 검은 바지를 입고 창가에 햇빛이 조금 많아질 무렵 밖으로 나가 폭신한 의자에 앉아 졸면서 강물을 바라보며 쉰다. 점심엔 익힌 감자에 치즈를 얹고 포크 스테이크와 함께 먹는다. 오후엔 아침에 배달된 신문을 읽고 오후 3시경엔 멀리서 부쳐 온 편지를 종이칼로 개봉해 읽는다. 저물녘엔 그레이 블루 커튼을 젖혀 저녁노을을 방에 들이고 어느 도시에 사는 아들에게 전화를 건다. 그는 "얘야 감기조심 하거라" 하고 말한다. 저녁엔 방을 데우고 볶음밥과 오이피클로 식사를 한다. 7시경에 TV 뉴스를 보고 30분쯤 좋아하는 음악을 듣는다. 그리고 자기 전에 일기를 쓴다.

오페라의 유령

1 즐거움

내 마음의 형상을 한 알파벳을 퍼즐처럼 이어 붙여
한 편의 시를 쓸 때

빗방울 소리 같은 피아노 소리
긴 현의 깊은 풍미를 가진 선율
전율하는 바이올린의 소리
안개 속에서 흘러나오는 호른 소리가
귓가에 들려 온다.

나는 그 소리에서
어느 화가가 그려 준
바다 이야기를 들었다.

어느 해 하얀 생일 식탁에 놓였던
빛나던 글래스의 와인과 스테이크가
그 바다의 향과 맛을 가졌었다.

2 슬픔

하얀 모래흙을 가끔 털어내며
강가에 닿으니
강물 위 한 줄기 빛이
내 눈에 한 방울 눈물로 반짝인다.

눈물은 모래흙 위로 떨어지고
무수한 빛의 화살들이 이룬
끝없는 숲을 바라본다.

저 언덕엔 백합 향내 나는
몇 송이 갈대꽃이 피어 있다.

내 가슴에 걸린
어머니의 가죽 십자가를 만지작거리며
들국화들이
제 안의 눈물을 모두 강물 속에 털어내고
반짝이는 별이 되어 있는
강가의 너른 꽃밭 앞으로 다가왔다.

그곳에서
내가 오페라의 유령이라고 부르는
어여쁜 겨울나무들의
종소리를 듣고 있었다.

하늘과 구름의 친구 되어라 하고
내가 늘 말을 걸었던
강둑 위로 삐죽삐죽 몸을 내밀고 있는 마른 생명들이
이 신비의 교회 울타리가 되었다.

하늘에서 들리는 야생의 소리
물 위를 낮게 박차고 나는 흰 날갯짓 소리
가녀린 겨울 가지들 위에
열매처럼 앉았다가
침묵을 깨고
날아가는 수많은 새들
사각사각 바람결 속에 들려오는 이국의 말소리
잔주름이 패턴처럼 부드러운 강물 아래로
흘러가는 시간의 소리
한 겨울나무 홀로 서서
이 깊은 영가를 길어 올린다.

3 강변의 사막

하얀색 끈이 나풀대는 갈색 스프리트 운동화의 체크 무늬 발목을 내려다보며 강가의 흙길을 걸어 찬 겨울 공기와 마주쳤다.

너울너울 춤추는 갈대밭 너머
언뜻언뜻 빛나는 차가운 돌들
둥근 가지 몇 개가 간결한 중키의 겨울 나무
그 강변의 사막 앞에 서 있네.

가녀린 갈대 줄기 위에서 떨며 앉았던
새 한 마리
물가로 내려 앉았다.

그 하늘 아래에서 들려 오는 마스네의 명상곡

4 그날들

바이올렛 화이트 블루 그런 물감이 풀린 물가에서 하나의 정원을 보았다.

자줏빛 가지와 마른 꽃 이파리들…

지난 봄날 해운대 달맞이 길
어느 카페 테라스에서
향 좋은 커피를 한 잔씩 앞에 놓고
우리는 하얀 집을 향해 올라가는
하이얀 층계들 위에 놓인
알록달록한 선인장 화분을 보며
썬글래스를 마련하여 떠날
여행 이야기를 나누었다.

친구가 보내 준
제주 산풍경을 옮겨 담은
그림엽서 한 장과
하얀 작은 손으로
마른 풀 줄기 무늬가 이어지는
크림색 한지에

붉은 자줏빛 연갈색조의 단풍잎들을
아름답게 붙여 만든 램프.
그 불빛에서 흘러나오는
옛 이야기들을 들으며
또 하나의 가을을 생각했다.

토요일 오후
쨍한 초겨울 공기를 가르는
지하철을 타고 하늘 공원에 갔다.
내 친구의 램프를 감싼
한지의 질감을 닮은 갈대 숲에서
두 숙녀와 함께 걸었다.

오늘 고요하게 내 맘에 들어온
물가의 정원을 지나
저 강둑에 이르니
금빛으로 사각대는
억새풀의 머리끝에서
그 가을날의 기도와 노래가 흐른다.

크리스마스 날의 산책

창백한 하늘이 파란 물빛으로 깊어졌다
긴 머리칼 같은 녹색 잎들
붉은 열매들을 머금은 자줏빛 덤불들
황금빛 언덕배기에 촛불처럼 흔들리는 강아지풀들
푸른 하늘이 평원에 내려와 들국화 씨앗들이 총총한 별빛으로 박혔네!

생명 탄생의 축일,
마른 풀잎과 가지로
계절의 꿈을 간직한
작은 겨울 숲을 만들어 보자

검은 줄기에 흰 점박이 갈색 잎들이
작은 배꽃나무

긴 마른 줄기 끝에 펼쳐진 부채살은
남국의 식물

한 그루의 플라타너스 같은
마른 풀잎들이 나풀거리는 겨울 가지들

어느 것은 시골길의 시원한 여름나무

갈색과 회색이 색띠처럼 마구 얽혀
큰 한 송이 국화 같은 긴 마른 잎들

사과 모양의 황금빛과 붉은색 씨앗집들이 탐스런 초본이
하나의 작은 사과나무

솜 덮은 듯한 검녹색 관목은
머리 부푼 작은 향나무

갈색 초본의 끝없는 행렬은
동토의 낙엽송 숲

흐르는 강물에
반짝이는
이 겨울 숲,
다가올 생명의 이야기들을 속살거리고 있네

빛의 숲,
말없이 앉아 있던
몇 마리 새들
이제 별빛 박힌 평원의 하늘로 날아간다

남이 하는 말

너는 자연의 학교에서 배운 예쁜 것을 좋아한다고 사람들이 말하대.

너의 어머니는 젊었을 때 피부가 고왔다고 남들이 그러대.

너의 아버지는 영화배우같이 멋진 분이라고 누가 말하대.

너의 영어 성적이 백점이라고 누가 말하대.

너의 집은 마당에 보랏빛 라일락이 핀 하얀 패널 하우스라고 누가 말하대.

네가 오늘 산 시금치는 뿌리하고 잎이 빛깔도 곱다 하대.

너는 아침 식사를 하고 커피를 마시며 클래식 음악을 듣고 시를 읽는다고 누가 말하대.

너는 열등생도 행복의 얼굴을 그린다고 말한 프레베르를 좋아한다고 하대.

올 가을 낙엽은 부드럽고 아름다운 빛깔이라고 누가 말하대.

도자기 인형

아침에 베를렌느의 시를 읽었다.

동상의 눈을 가진
도자기 인형이
내 집 거울 벽 앞에 서 있다.

베를렌느의 꿈 속 여인을
나의 도자기 인형에서 본다.

인형이 황금빛 소매를
날개처럼 펼치고
잃어버렸던 말들을 찾아낸다.

주름진 치마의
나풀거리는 리본이
하얀 두 팔로 껴안은 공기의
진동을 느낀다.

손에 들린 몇 송이 장미들의 향내가
거울벽 앞에서 투명해진다.

물가의 샐비어

백일홍보다 더 오래 피었던 샐비어

1985년 9월 21일
하루살이들이 유영하던
안뜰의 깊은 그늘 아래
붉게 타오르던 샐비어

1979년 10월 27일
길 건너 이화여자대학 뒷문 너머로 보이던 샐비어 꽃밭

긴 시간의 슬픔과 아픔이 지나간 자리에 피었던 그 샐비어
그 붉게 타오르던 샐비어는
우리에게 내일을 어렴풋이 그려 주었다.

오늘 물가에 앉아
그 샐비어를 기억하네.

오! 코스모스

검푸른 얼룩이 여기저기 흩어진
오래된 콘크리트 교각
여러 가지 색의 코스모스 한 무리

머리칼처럼 흩어진 여러 가닥의 초록색 잎들이
내 스무살 적의 모세혈관을 닮았다.

내 안에 온 우주가 들어와서
한없이 무거웠던 시간들…

하얀 백자 항아리는
그 스무 살 적 내 정신으로 넘쳐 흘렀었다.

하늘을 보며 기억에서
한 장의 편지를 꺼낸다.

"오 계절이여, 성이여!
흠 없는 영혼이 어디 있으랴!"

그 시간에 그곳에 가면 좋은 것은

저녁 안개 속에 묻혀
두 겹 세 겹의 곡선을 그리며
수채화 물감에 적셔진 산들

장미향 백합향 바이올렛향 하늘을 이고 있는 은빛 종탑

검은 녹색 향교산 위
창백한 하늘을
쓸고 있는 겨울 가지들

자동차 길을 내려다보며
무엇을 기다리고 있는 가로등들

길가 농장의 큰 향나무와 그 어린 묘목의 고요한 모습

빛의 옷을 벗고
담담해진 대나무

이 저녁의 향, 색채, 형태를
가로지르며 날아가는 수많은 새떼들

또 하나의 예기치 못했던
어떤 새의 날갯짓.

양떼같이 하얀 지붕을 인 집

강물에 투명한 덮개가 씌워졌다.

양떼같이 하얀 지붕을 인 집으로 가서
참나무 지팡이를 짚고
그 문을 열고 들어가고 싶다.

한 가운데 장작개비 몇 개를
어긋나게 쌓고
불을 지펴
타닥타닥 불꽃이 춤추는 것을 보겠다.

가로수 커튼이 드리워진
십자 창틀 창가에
떡갈나무 탁자를 놓고
금이 가지 않는 실버 베이스에
향기로운 장미 한송이를 꽂겠다.

뿌연 유리창 앞엔

제주 황금향 같은 등불을 내리고
그리운 친구에게 편지를 쓰겠다.

밝은 등 그림자가 비친 벽 앞
침대의 구름 같은 이불 위에 앉아
저녁 기도를 드리겠다.

잠이 깨면 봄이 와 있겠지.

어머니와 나

여기저기 생채기를 가진 중키의 나무
둥글게 휘어진 가지들이
바람을 안은 치마 같다.
이파리들이 색종이를 잘라 붙인 것 같은
치마의 무늬 같다.
치마폭에 싸인 바람은
어머니의 가슴 같다.
그 가슴 속에서
끓어오르는 말들은
입 안에서 중얼중얼
고요하고 평화로운 기도가 된다.

이보다 키가 작고
가지 수도 적은 미끈한 나무
이것은 겨울이 되어
잎새를 모두 잃었다.
첼로의 현 같은 빈 가지들엔
구름이 와서 걸렸다.

어머니와 나는
일요일 교회의 나무 벤치에 앉아
팔을 뻗어 손을 잡고
“사랑하라, 내 영혼아”
노래한다.

나무들은 바람의 팔을 뻗어 손을 맞잡고 있다.

아름다운 그릇들

황갈색 꽃나비 무늬의 코렐 세트
포트메리온 보타닉 가든 샐러드 접시
웨지우드 진줏빛 찻잔

이 그릇에 그 날의 일용할 양식을 담아
오래된 수수한 식탁 위에 올리고
의자에 앉아 조용히 감사의 기도를 드린다.

송이버섯과 굴을 넣고 파란 청경채로 장식한 이팝꽃 같은 밥과
부드러운 야채 위에 흩어져 있는
쌉쌀한 무순의 맛을 음미하며 먹는다.

작은 스푼에 무화과처럼 부드러운
푸딩을 담아 입 안에 녹인다.

주름치마 문양이 새겨진 진줏빛 찻잔에 담긴 카누 다크로스트 커피를 마신다.

그릇은

많은 거품으로

앞뒤로 천천히 닦고

깨끗한 물로 헹구어

매끈한 느낌으로 손에 잡혀

건조대에 가지런히 놓인 채

반짝일 때까지 기다린다.

코렐 세트는 레인지 아래 서랍에서

포트메리온은 하이그로시 찬장에서

나비꽃 스푼들은 그 자리에서

진줏빛 찻잔은 선반 위에서

거울 속의 내 모습이다.

이사 오던 날의 동백나무

1979년 아버지께서 새 집 마당에 동백나무 한 그루를 심었다.

고무나무처럼 좀 두꺼운 잎사귀가 너무 많아 노란 꽃술을 가진 붉은 꽃잎의 동백꽃이 잘 보이지 않았다.

이 나무는 30년 후에 너무 높이 자라고 너무 넓게 가지를 뻗어 집벽과 부딪혀 아름다운 꽃과 싱그런 나뭇잎들이 안스러워졌다.

어느 날 어머니께서 이 나무를 떠나보낼 곳을 수소문했다.

어떤 정원사가 이 나무를 가져갔다.

이 나무가 떠나간 뒤 천리향의 강한 향기에 가리워져 보지 못했던

작은 동백나무 한 그루를 현관 앞 그의 자리에서 발견하였다.

작은 나무의 붉은 꽃이 또렷하여 나는 비로소 하나의 꽃을 알게 되었다.

나무가 떨군 큰 통꽃이 사랑과 생명에 대해 말해 주었다.

그 봄 찾아간 기청산 식물원의 적당히 큰 동백나무는 약간 늘어진 가지에 많은 꽃들이 열매처럼 보여 그림같이 아름다웠다.

가을에 다른 정원사가 와서 큰 화분 두 개에 집에 남은 동백나무 두 그루를 심어 놓고 갔다.

2012년 11월 23일 이사오던 날
우리는 많은 것을 버려야 했다.
짐 트럭에 세 개의 다른 화분 식물과 함께 동백나무 화분 두 개가 아파트 1층 현관에 내려졌다.

우리가 버려야 할 것이 너무 많다는 작은 오해가 생겼다. 동백나무 화분의 주인인 어머니가 모르는 사이에 그것은 다른 곳으로 가버렸다.

어머니는 동백나무가 있는 곳을 향하여 주인이 "나"의 아름다운 꽃을 찾는다는 것을 알렸다.

그 꽃들은 돌아오지 않았다.

어머니는 안타깝고 보고 싶고 그리운 마음을 나에게 가끔 보여 주셨다.

나는 돌아오지 않는 동백을 잊으라고 했다.

2013년 12월 30일에 미국 오빠 부부가 어머니와 내가 사는 아파트를 찾아왔다.

오빠가 동백나무를 찾아와야겠다고 했다.

동백나무의 새 주인이었던 사람들이 어머니에게 그 동백나무를 돌려 주었다.

큰 화분은 한 그루의 작은 꽃나무가 자리잡기에는 넉넉해 보였다.

나무는 아래에 가는 줄기를 높이 세우고 윗쪽 가지에 성긴 통통한 이파리들을 보기 좋게 펼치고 몇 송이의 붉은 동백꽃을 피웠다.

화분 흙에 떨어진 붉은 통꽃은 떠나온 옛집 봄에 발견했던 그 꽃과 같았다.

꽃이 아름다울 때

초겨울 장날에 산
꽃 화분 하나가
초록색 하트 잎사귀들을
튀튀처럼 펼치고
중심에 가지런히 올린 줄기에
선연한 핑크빛 꽃들을
나비처럼 앉히고
나를 쳐다보았다.

밖에 며칠 비가 내리고
갈색 숲에 눈도 내리더니
꽃과 잎사귀가
하나씩 줄기를 늘어뜨리며
이미 시시 빛깔과 모양으로
시들기 시작하였다.

그 모습이 꽃핌이
정점에 이르렀을 때보다

참 아름답다.
나의 눈길이 자꾸
그 화분에게로 간다.

할머니와 가족

가족 사진은 가져왔어?

꼬불꼬불한 선으로 연결된 옛날 전화기의 하얀 스피커에서
들려 오던 사랑스런 목소리…

응, 그래 마침 새 집엔 딱 좋은 곳이 있어 잘 놓아 두었어.

인디언 핑크 레이스 페이브릭에 실크 리본을 장식한 원피스를 입고 활짝 웃는 얼굴의 예쁜 머리 컬,
중학생이 되어 청바지 위에 넉넉한 품의 자켓을 입은 소년,
물색 니트 투피스를 입고 진주 장식을 한 어머니,
아버지의 담담한 체크 무늬 넥타이

오늘 아침 할머니가 그들 앞에 서시니
이 집 안에 오래 머물던 향내가

코 끝에 와 스친다
그 순간,
한 번의 붓질로 완성되는 그림,
이것은 할머니와 가족이란 제목이 붙어
아메리카에 보내졌다

버팔로 로스쿨 강의실 책상 위
모바일 폰 스크린 위로
잠깐 스쳐 가는 빛 같은 미소…

로뎀나무 아래의 휴식

찬 겨울 새벽 어둔 공기를 가르고
한 노인이 걸어간다.

작은 교회 안에
균형이 아름다운 십자가가 걸려 있고
제단 위에 하얀 은방울꽃이 피어 있다.

노인이 나무 벤치에 앉아
꾸벅꾸벅 기도를 한다.

저희 가정을 환난에서 구해 주세요.
저희의 생명을 지켜 주세요.
하나님, 저희에게 평화와 물질의 충족을 주세요.

한 천사가 나타나 머리 위에서 축복을 한다.
내가 너의 집에 로뎀나무 한 그루를 심고 그 아래에서 너를 쉬게 하겠다.
그리고 너를 위해 더운 음식과 물을 준비해 놓겠다.

노인은 뿌옇게 동이 틀 무렵
집으로 돌아왔다.

흰눈 내리는 날의 결혼식

"오매! 단풍 들것네" 하던 날
마네의 화첩을 선물로 가져온
카르티에 라땡의 조카가
전화로 새해 인사를 건넸다.

가족이 모두 모인 어머니의 생일날
그가 프랑스인 친구와
곧 결혼할 거라고 했다.

며칠째 하염없이 흰눈이 내리고 있다.

하얀 눈 카펫 위에
솜 같은 관목 리스로 둘러싸인
푸르게 선 나무들 사이로
정원의 나무 의자와 둥근 테이블이
하얀 커버를 쓰고
얼기설기 격자 무늬로 짠
병풍 같은 가림막 안에서

결혼식 축하 파티장처럼 변했다.
십자가를 하얀 브로치 장식처럼 달고
눈옷 성장을 한 오래된 교회에서
은방울꽃 부케를 들고
어깨를 다소곳이 감싸고
아름다운 목을 드러낸
긴 웨딩 드레스를 입은
지영이가 프랑스 말을 하는 사람과
골드 링을 서로의 손가락에 끼워 주고
장미향 같은 기도와
조용한 갈채와
목련 같은 웃음들 속을
걸어 나온다.

일요일 아침의 Choral

식탁 위의 모바일폰 유튜브 서비스
Choral 2nd Movement
발사믹 드레싱에 찍어 먹는 노란 생선 프라이

하얀 식탁보 같은 커버에 들어갈
올 겨울의 시들을 생각한다.

하얗게 쌓인 강둑의 눈 위로
자동차 바퀴가 굴러 간 두 줄의 길

브릿지 위의 눈사람 곁을 지날 때
햇빛을 받은 설원에서
자연의 합창이 들려 왔다.

첼로의 현같이
제 몸을 가누고 있는
곁가지 없는 긴 줄기들의
G선상의 아리아

바람이 없어도
제 속에 바람을 가진

오페라 유령들의 노래.

빛이 잦아든 갈대 무리를 설원에 깔고
외롭게 선 검은 나무의 명상곡.

하얀 평원 위에
반짝이는 검은 별들의 랩소디

순백의 공허를 메우고 있는
수반 위의 가을꽃들이 노래하는 추억

빗살 같은 가지를
회색 하늘을 향해
펼쳐 놓고 있는 나무 위에서
참새들은 말이 없다.

봄을 기다리는 들국화의 평원은
고요한 코스모스의 숨소리를 듣고 있다.

큰 스케일로 다가오는
브릿지의 음영 드리운 층계를 내려올 때
다시 귓가에 들려 오는
일요일 아침의 Choral…

11월생을 위하여

일요일 아침 찬 바람 불어
가로수 은행잎들이 바람따라
허공 속에 무늬를 그린다

잿빛 하늘에 흰 구름 깔리고
늦가을 강물이 내 맘 속에서 고요하다
강 건너
아직 잎이 무성한 키 큰 나무는
아슴프레 풍경 속에 잠기었다
깊고 부드러운 산의 능선,
겨울 코트의 무겁고 진한 컬러로
내 곁에 다가온다
금빛으로 변해 가는 풀들의 물 그림자는 말이 없다
내 맘 안에서 섬세한 터치로 그려지는
그 침묵의 형상들.

집으로 돌아오는 늦은 오후
낙엽은 길 따라 늘어선 나무 아래

포근히 깔리었다.

파란 줄기 잎이 보이는

작은 무의 비닐백을 들고

현관문을 들어설 때

집안의 온기가 깊구나!

떠나지 않아도 행복하다 - 지금, 여기에서 나와 마주하기

2015년 1월 15일 초판 1쇄 인쇄
2015년 1월 20일 초판 1쇄 발행

지은이 이현숙
펴낸이 이윤희
펴낸곳 돈키호테

등록 제2005-000031호
주소 130-720 서울시 동대문구 약령시로 25, 105-1801
전화 02-2642-1687
팩스 02-2646-1686
E-mail jamoin@naver.com

ISBN 978-89-93771-09-1 03810
가격 12,000원